Guilherme Semionato

Uma noite na biblioteca

Ilustrações de
Veridiana Scarpelli

Paulinas

Dados Internacionais de Catalogação na Publicação (CIP)
Angélica Ilacqua CRB-8/7057

Semionato, Guilherme
Uma noite na biblioteca / Guilherme Semionato ; ilustrações de Veridiana Scarpelli. - São Paulo : Paulinas, 2022.
32 p. : il., color. (Coleção Esconde-esconde)

ISBN 978-65-5808-186-9

1. Literatura infantojuvenil I. Título II. Scarpelli, Veridiana III. Série

22-2772 CDD 028.5

Índice para catálogo sistemático:
1. Literatura infantojuvenil

1ª edição – 2022

Direção-geral	Ágda França
Editora responsável	Andréia Schweitzer
Assistente de edição	Fabíola Medeiros
Coordenação de revisão	Marina Mendonça
Copidesque	Mônica Elaine da Costa
Revisão	Sandra Sinzato
Gerente de produção	Felício Calegaro Neto
Produção de arte	Tiago Filu

Nenhuma parte desta obra pode ser reproduzida ou transmitida por qualquer forma e/ou quaisquer meios (eletrônico ou mecânico, incluindo fotocópia e gravação) ou arquivada em qualquer sistema ou banco de dados sem permissão escrita da Editora. Direitos reservados.

Paulinas
Rua Dona Inácia Uchoa, 62
04110-020 – São Paulo – SP (Brasil)
Tel.: (11) 2125-3500
http://www.paulinas.com.br – editora@paulinas.com.br
Telemarketing e SAC: 0800-7010081
© Pia Sociedade Filhas de São Paulo – São Paulo, 2022

Para a minha avó Celina.
Obrigado, vó.

— Guilherme Semionato

Pai e filha moravam na casa em frente à biblioteca. Eles se chamavam Alberto e Clara. A biblioteca nunca fechava. À noite, ficava toda acesa. Clara a via da janela do quarto.

O pai de Clara sempre a levava lá. Em dias quentes, a biblioteca refrescava como a brisa de mil praias. Em dias frios, esquentava como uma manta azul. E jamais fechava. Nem na noite de Natal.

No último Natal, aliás, Alberto e Clara levaram um prato de comida para o bibliotecário Elomar. Outras famílias tiveram a mesma ideia, e o balcão logo virou uma mesa de banquete. Elomar serviu uma fatia de torta ao pai e à filha, e os três tiveram um Natal.

Esta história se passa em uma noite quieta como um sonho, uma noite em que Clara não conseguia mais dormir depois de um pesadelo.

Ela saiu do quarto. Sabia que o pai só ia dormir perto do amanhecer. Sabia que estava acordado. Do topo da escada, chamou o pai. Alberto fechou o livro que lia. Clara desceu.

– Vamos? – perguntou ela.

– Vamos.

Eram duas horas da manhã. Pai e filha tinham um combinado: ele sempre lia para ela no quarto antes de dormir. Mas, se Clara acordasse no meio da noite e não conseguisse mais pegar no sono, sairiam de casa e atravessariam a rua até a biblioteca.

Havia sempre uma pessoa no balcão que os cumprimentava quando entravam. Naquela madrugada, era o Elomar.

– Acordou no meio da noite de novo?

Clara disse que sim com a cabeça.

Havia mais três pessoas na biblioteca.

Um homem que gostava de ler sobre pássaros e chamava Clara de andorinha.

Uma mulher que copiava receitas em um caderno e chamava Clara de docinho.

Um velhinho dormindo no banco, com uma revista no colo, que estava sempre lá e só falava com Clara com os olhos.

Agora estavam sozinhos na sala dedicada aos livros para crianças. Sozinhos, não: estavam acompanhados por mais de dez mil livros. O pai apagou a luz da sala e acendeu a luminária que ficava ao lado da poltrona mais confortável.

– Você escolheu da última vez – disse Clara. – Agora sou eu.

O luar entrava pela janela e tocava um livro fora das estantes, no chão. Clara o apanhou e o folheou na claridade.

– Este aqui.

O livro não tinha capa. Por não ter capa, não tinha título nem o nome de quem o escreveu. Pai e filha se acomodaram na poltrona.

A primeira página estava em branco. Havia apenas uma dedicatória escrita à caneta:

Para o meu amor, quando eu não estiver mais por perto.
Mamãe

Alberto folheou o livro: não havia palavras, só desenhos. Clara virou a página.

Na primeira imagem, uma mulher acorda um menino um pouco mais novo que Clara. Parece que ela quer mostrar alguma coisa para ele. Será que é filho dela?

A mulher veste a criança com um casaco e lhe calça as botas. Dá as mãos para ele, e os dois descem a escada. É noite. Quando abrem a porta, o mar. Longe, mas já dá para ouvir o chuvisco das ondas.

Mãe e filho atravessam a rua e rumam para a praia. Mergulham os pés na areia como se pulassem ondas. O mar borrifa maresia.

A mãe estende uma toalha. Eles se deitam e veem as estrelas.
– Olha o Cruzeiro do Sul – disse Alberto, apontando para uma constelação no céu do livro.

Um navio todo iluminado passa pela linha que separa o mar do céu. Está escuro, mas mãe e filho sabem que a linha está lá. Pai e filha também.

A mãe se levanta. O filho parece tão assustado... Será que ela vai deixá-lo sozinho?

Na página seguinte, ela sorri e ele se acalma. O menino observa a mãe indo à beira do mar. Ela se abaixa e pega alguma coisa.

Ela volta para perto do menino e traz uma concha nas mãos. Mãe e filho escutam o som do mar guardado ali.

Alberto dobrou as mãos em forma de concha e tapou os ouvidos de Clara. A filha escutou o rugido azul do mar. O pai, só de imaginar, também ouviu.

Então o menino olha para a lua cheia.
– Como a lua de hoje – disse Alberto.

A mãe aponta para luzes bem distantes.
– Talvez seja a nossa cidade – disse Clara.

Lá longe, passa um imenso trem soprando fumaça como nuvens de lã. Seu apito, no livro, é como música.

– Piuí – disse o pai, como a mãe diria.

– Choque-choque – disse a filha, como o filho diria.

A mãe pousa a mão no ombro do filho e se levanta como um pássaro ganhando os ares. É hora de ir. Eles sacodem a toalha e, por um instante, não se sabe o que é areia e o que é pó de estrela.

Mãe e filho atravessam a rua e chegam em casa. Ele veste o pijama e ela o coloca na cama. Antes de apagar a luz, ela sorri para ele.

Alberto e Clara, juntos, passaram a última folha. Não há como fechar o livro: não tem capa. Aquele livro sem nome estará sempre aberto. Como a biblioteca.

Na saída, a mulher que copiava receitas se despediu de Clara:
— Até outra noite, docinho.
O homem que gostava de pássaros fez o mesmo:
— Já vai, andorinha?
O velhinho que dormia no banco roncava.

Pai e filha se aproximaram do balcão.

– Posso ficar com este livro? – perguntou Clara.

Antes de Elomar responder, ela continuou:

– Não tem capa, não tem nada. Como é que eu vou achar ele de novo?

Elomar nem teve tempo de dizer nada, porque Clara prosseguiu:

– Eu quero ele comigo.

Elomar acreditava que livros e pessoas precisam se encontrar, por isso concordou. Ele nunca tinha visto aquele livro na vida. Foi Clara quem o descobriu. E aquele seria um segredo só deles.

Pai e filha atravessaram a rua e chegaram em casa. Clara tirou o casaco e o chinelo e voltou para a cama. Alberto cobriu a filha e lhe deu um beijo.

Clara dormiu; o livro reluzia na mesa de cabeceira. O pai desceu a escada e leu até o amanhecer.

Dias depois, Clara despertou de um pesadelo no meio da noite. Em vez de chamar o pai, pegou o livro, releu a dedicatória, passou as páginas... Antes de voltar a dormir, disse para o céu do teto:

– Obrigada, mãe.

A luz da biblioteca balançava a cortina do quarto, o mundo da noite.

Guilherme Semionato

Sabia que este livro nasceu numa sala de cinema? Em certo momento do filme *Là La Land*, somos apresentados à casa onde a protagonista passou a infância: uma casa em frente a uma biblioteca. Como seria morar num lugar assim? Eu, que só sei das coisas quando escrevo, precisei montar uma história para descobrir. E fui além: a biblioteca do filme não ficava aberta 24 horas por dia, mas inventei que a minha — ou melhor, a nossa — fica.

Uma noite na biblioteca é meu quinto livro publicado, mas prefiro dizer que é o décimo que escrevi (em fevereiro de 2017), porque acho que minhas histórias já são livros assim que nascem. Foi escrito pensando que toda criança deveria ter uma biblioteca por perto — e imagina ter uma na porta de casa que não fecha nem no Natal! Foi feito pensando que toda criança tem o direito de ler ou ouvir histórias antes de dormir. E que qualquer pessoa — mãe, pai, prima, irmão, professora, bibliotecário — que bota um livro na mão de outra tem meu respeito. Escrevi o texto sonhando com as paisagens da minha cidade favorita (que eu iria conhecer no mês seguinte), a Cidade do Cabo, e me lembro de ter relido a história lá, num momento delicado. *Uma noite na biblioteca* salvou minha viagem, porque escrever livros para crianças e jovens (e quem mais quiser ler) salvou minha vida.

Quando inventei de ser escritor, entendi que minha vida seria uma eterna busca por você que me lê. Eu já me encontrei; a maior busca que eu poderia fazer chegou ao fim: a busca pelo meu jeito de me expressar. Faltava você, leitor, leitora, que dá um sentido real à minha profissão e a este livro. E agora não falta mais.

Meu e-mail é <escritorguilhermesemionato@gmail.com>. Se quiser escrever para mim, fique à vontade.

Veridiana Scarpelli

Nasci, moro e trabalho em São Paulo. Gosto de desenhar desde pequena e dei muitas voltas até entender que era isso que eu queria fazer na vida. Já faz quase quinze anos que ilustro revistas, jornais e onde mais couber um desenho.

Sou autora do livro *O sonho de Vitório* (Cosac Naify, 2012), publicado também no México e no Chile, e tenho mais de trinta livros de um monte de escritores diferentes. Este é o segundo livro do Guilherme que eu ilustro; o primeiro se chama *Um belo dia...* (Editora do Brasil, 2020), que foi e será publicado em uma porção de países.

Mas existe uma coisa, uma só, que amo mais do que desenhar: ler! (Bem... eu também amo gatos — tanto que sempre dou um jeito de colocá-los nos meus desenhos —, mas eles não são coisas; então não entram nessa lista.)

Vivo cercada de livros e tenho a sorte de morar bem pertinho de uma biblioteca enorme que costumava ficar aberta a noite toda. É uma pena que não seja mais assim... Por tudo isso, foi uma grande alegria fazer desenhos para este livro que fala de livros e de desenhos.